Ernst Balzli   Heiligabe

Heiligabe

Es Wiehnachtsbüechli für die Chlyne
vom Ernst Balzli

Verlag Sauerländer
Aarau · Frankfurt am Main · Salzburg

CIP-Kurztitelaufnahme der Deutschen Bibliothek

Balzli, Ernst:
Heiligabe: es Wiehnachtsbüechli für d. Chlyne / vom Ernst Balzli. – 5. Aufl. – Aarau, Frankfurt am Main, Salzburg: Sauerländer, 1979.
ISBN 3-7941-0290-8

Ernst Balzli
Heiligabe

5. Auflage 1979

Illustrationen und Überzug
von Felix Hoffmann

Herstellung: Sauerländer AG, Aarau
Printed in Switzerland

ISBN 3-7941-0290-8
Bestellnummer 01 00290

I

Vo Nazareth nach Bethlehem

Abschied

D Maria geit dür ds Gärtli
und still zum Töri us.
Der Joseph nimmt der Schlüssel
und bschließt sys lääre Hus.

Er tuet bi allne Fänster
die grüene Läde zue
und bindet uf der Stäge
die schwäre Wanderschueh.

Der Nachber

Über d Straß mit länge Schritte
chunnt der Nachber Josua.
Er het no sy Schuesterschöüben
und die rote Finken a.

Syner Auge lache fründtlig
und er git em Joseph d Hand:
«Wünsche Glück und Gottes Säge
zu der Reis i ds Heimatland.»

Ds Eseli

Ds Graueseli isch gsattlet,
es het sys Fuetter gha.
Der Joseph gryfft zum Stäcke:
«Vorwärts! Mir müeße gah!»

Da rupft's am Gartemüürli
no gschwind e Distlen ab.
Druf stellt's die längen Ohre
und setzt si stramm i Trab.

Bhüet Gott!

E Blätz am Bärgli obe,
mitts uf der alte Brügg,
da luege die zwöü Lütli
uf ihres Stedtli zrügg.

Wie schön doch d Morgesunnen
alls überguldet het!
D Maria winkt no einisch:
«Bhüet Gott, mys Nazareth!»

Unterwägs

Der Tag isch läng, der Wäg isch wyt,
und glüejig heiß brönnt d Sunne.
Und niene steit e Schatteboum
und niene ruuscht e Brunne.

Der Wäg isch grau und grau der Stoub,
wo a de Chleider hanget.
D Maria wüscht e Tränen ab
und süüfzget schwär und blanget.

Die wüeschti Straß

Vo Nazareth bis Bethlehem
si d Straße wüescht und steinig.
Im ganze wyte Morgeland
isch alls der glyche Meinig!

Kei Wunder, wird's em Grauli schwär,
das Träppelen und Trabe …
Der Joseph tätschlet ihm der Hals:
«Gedult! Gly chunnt der Abe!»

Rast

«Lueg das Brünndli dert am Bord,
wo die Bäumli gruppe!
Wenn's der rächt isch, liebi Frou,
wei mer chli verschnuppe!»

Und d Maria nickt ihm zue:
«Bloß es Viertelstündli!
Gib mer d Hand, du Guete du,
sitz zu mir a ds Brünndli!»

Am Ziel

Sie gange dür nes Weizefäld.
Das isch es prächtigs Ryte!
Der Joseph git uf ds Wägli acht
und ruumt e Stei uf d Syte.

Und untereinisch blybt er stah
und dütet über d Halme:
«Maria, dert liegt Bethlehem
im Schatte vo de Palme!»

Bethlehem

Früech isch d Sunnen untergange;
i de Straße nachtet's gly.
Still zieh Joseph und Maria
z Bethlehem zum Stadttor y.

's kennt kei Möntsch die frönde Lütli,
niemer git ne fründtlig d Hand.
Bloß es ghudlets Bättlerbuebli
luegt ne nah vom Straßerand.

Der Wirt

Bim erste Wirtshus hei sie still;
es geit scho gäg den achte.
Der Joseph chlopfet a der Tür
und fragt für ds Übernachte.

Der Leuewirt luegt feischter dry;
er isch halt gar e ruuche!
«Mys Hus isch bsetzt, was yne ma.
I cha kei Bättler bruuche!»

Verschüpft

Un wyter geit's vo Hus zu Hus
mit müede, schwäre Füeße.
Es zeigt ne niemer Wäg und Stäg
und niemer ma se grüeße.

Und alli Türe blybe zue
vor dene müede Gstalte.
Und niemer heißt sen yne cho,
und niemer wott se bhalte.

Ds Schüürli

Vor em Tor vo Bethlehem
liegt es Hirteschüürli.
Palme wachsen über ds Dach,
ringsum geit es Müürli.

I däm Hüttli isch es still,
nüt vo Lüt und Lärme,
und d Maria findet da
ändtlich Dach und Schärme.

Der Stall

Der Stall im Schüürli inne
isch feischter, chalt und läär.
Der Vatter Joseph süüfzget,
und 's isch ihm grüüsli schwär:

«Keis Trögli und kei Chaste
und nid emal e Tisch ...
Es tuet mer leid, Maria,
daß alls so eifach isch!»

E chlyne Trost

Müed und truurig sitzt d Maria
näb der Türen uf em Bank,
und der Vatter Joseph sorget:
«Gäll, du wirsch mer doch nid chrank?

Es chunnt sicher wieder besser;
bisch halt müed vom wyte Wäg!
Lueg, i mache dir jetz gleitig
rächt es chreftigs Süppli zwäg!»

Es wird heimelig

Der Vatter Joseph suecht es Schyt
und schnäflet Spönli drus.
Druf zündet er es Füürli a –
und heiter wird's im Hus.

Er setzt es Pfänni über ds Füür
und schüttet Wasser dry.
«Maria, gäll, grad so isch's rächt?
Jetz gfallt's der afe chly?»

Es Stündli später

Es Stündli isch vergange,
still, wie nes Flöckli Schnee.
Im Stall isch's rüejig worde,
mi ghört keis Tönli meh.

Der Vatter Joseph wachet.
Jetz steit er uf vom Bank
und bückt sich zur Maria:
«Sie schlaft! Gott Lob und Dank!»

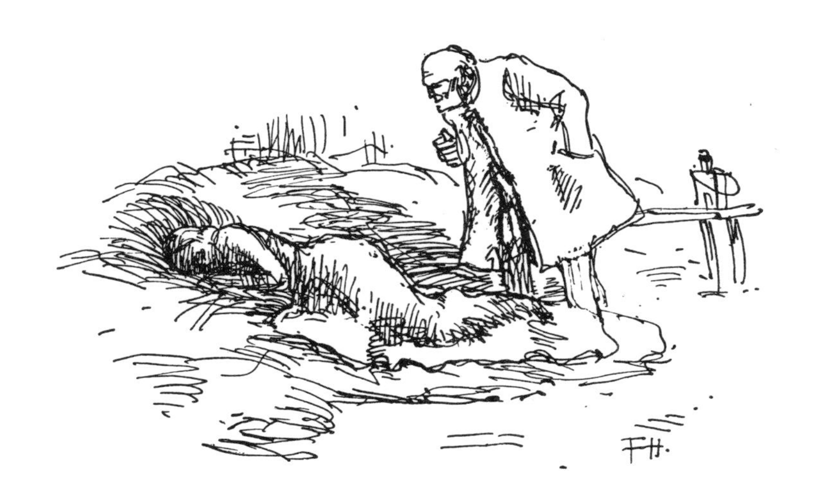

II
Bi de Hirte

Uf der Weid

Hundert Schäfli, hundert Lämmli,
wyß wie Schnee und chrugelrund
weiden uf der schöne Matte
vor der Stadt im grüene Grund.

Bim Vernachte tönt es Liedli
über Wald und Weiden y,
und es lustigs Hirteflötli
singt es Jodelchehrli dry.

D Hirte

Langsam loufen e paar Manne
bi de Schäfli uf und ab.
Jede treit es Znünitäschli
und e länge, chrumme Stab.

Das si d Hirten us em Stedtli,
öppe sieben oder acht.
Die stah da bi ihrne Herde
bis am Morgen uf der Wacht.

Heiligi Nacht

Es rüehrt sich i der stille Nacht
keis Hälmli und keis Blettli.
Da geit e Schyn am Himmel uf
und lüüchtet über ds Stedtli.

Mit großen Auge stuune d Lüt
däm schöne Liecht etgäge,
und über ds Schüürli vor em Tor
fallt Guld- und Silberräge.

Der guldig Schyn

Und klarer wird's und klarer.
Tagheiter isch's im Fäld.
Der guldig Schyn vom Himmel
erfüllt die ganzi Wält.

Es Hirtebuebli blinzlet
verstuunet i dä Glanz:
«Großvatter, lueg du nume!
Das bländet eim ja ganz!»

Ängelschare

Sie fahren uf brönnige Wulche,
e großi und prächtigi Schar.
Lueg ihrer glänzige Flügel!
Lueg ihres guldige Haar! …

«Ihr Hirte, syt fröhlich und singet
und danket em liebe Gott!
Der Heiland isch hinecht gebore,
wo d Möntschen errette wott!»

Guete Bricht

Lueg, jetz fallen alli Hirte
vor der Ängelschar uf d Chnöü:
«Liebi Ängel, säget hurti,
wo mer ds Christchind finde chöü!»

«Ganget hei, dir guete Manne!
Näht der Stab und machet gschwind!
Grad i euem alte Schüürli
liegt's im Chrüpfli, ds Jesuschind.»

Nach Bethlehem

Gsehsch, wie jetz die Hirte springen
über Stock und Steinen y!
Und sie rennen und sie chyche –
jede möcht der vorderscht sy.

Eine vo de Hirtebuebe
isch der erscht bi Hus und Hei.
Du channsch wohl gah lache, Bürschli!
Du hesch halt die jüngschte Bei!

III
Heiligi Nacht

Vor der Türe

Dür nes Speltli vo dr Muur
gseht me ds Liecht vom Lämpli schyne.
D Hirte luege düre Chlack –
all, die großen und die chlyne!

D Buebe drücke gäge d Tür,
Resli, Benjamin und Thysli,
bis der Vatter sträng befiehlt:
«Pscht, ihr Buebe! Machet lysli! ...»

Späte Bsuech

Lang stah d Hirte vor der Tür;
niemer wott se dinne ghöre.
Darf men ächt die Lüt im Stall
no so spät ir Nacht cho störe?

Z brichte hätt me viel und Schöns,
wo ne sicher scho tät gfalle …
Schließlich wagt's der eltischt Hirt –
hübschli leit er d Hand uf d Falle.

Am Chrüpfli

Es liegt es chlyses Chindli
im Chrüpfli uf em Strouh,
und a däm Bettli wachet
e schöni, blondi Frou.

Sie strychelet em Buebli
sis fyne Chruselhaar.
Dür ds Fänster schynt es Stärnli –
und alls isch wunderbar.

Ds Chindli

Mit große, klaren Auge
luegt ds Buebli umenand
und gryfft mit beide Händli
na'm Lämpli a der Wand.

Nei, lueg doch, wie nes blinzlet!
Es schnuufet – ghörsch, wie fyn?
Und um sys blonde Chöpfli,
gsehsch da dä heiter Schyn?

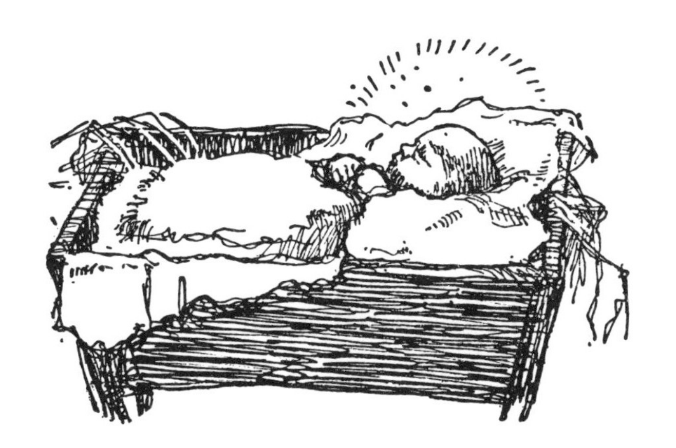

Vor luter Freud

Der eltischt vo de Hirte,
e guete, graue Ma,
steit still bim Chrüpfli zueche
und gschouet ds Chindli a.

Mit beidne Hände stützt er
sich uf sy Hirtestab –
es Tröpfli Augewasser
louft ihm dür d Backen ab.

D Muetter

Im Ofe brönnt es Füürli,
der Stall isch still und warm.
Da nimmt d Maria ds Chindli
ganz hübschli uf en Arm.

Sie buttelet's und strychlet's
und seit zum Buebli lys:
«Du härzigs Jesuschindli,
isch's mügli? Bisch du mys?»

Der Vatter

Dür die offni Hüttetür
schyne heiter tuusig Stärnli.
Aber ou es Lüftli wäiht –
fasch verlöschet es ds Latärnli!

Wo's der Vatter Joseph gspürt
wie nes zieht i Spelt und Chlecke,
zieht er gschwind der Mantel ab,
tuet dermit sys Chindli decke.

Pscht!

Es Chuehli steit am Bare,
es Schäfli näbedra.
Sie ranggen a der Chrüpfen
und möchte Fuetter ha.

Da seit der Joseph zue ne:
«Pscht! Tierli, syt mer still!
Jetz müeßt er halt chli warte,
we ds Buebli schlafe will!»

Ds Ängeli

Uf em Balken undrem Dach
sitzt e chlinen Ängel,
het es Flötli i der Hand
und e Bluemestängel.

Lueg, jetz blast er d Backen uf,
macht e fyni Musig –
ds erschte Wiehnachtsliedli tönt
dür die armi Bhusig.

Ds Gschänkli

Am Chrüpfli bi de Hirten
isch's still und wunderbar
Da schlüüft der chlyn Johannes
ganz lysli us der Schar.

Er leit es wyßes Lämmli
der Muetter uf en Arm:
«I schänke das dym Chindli!
's isch ds liebschten us em Schwarm!»

Guet Nacht!

«Mir wei nimme lenger störe.
Dir syt sicher müed vom Wäg.
Schlafet wohl, ihr liebe Lütli!
Lueget, da isch ds Lager zwäg!»

Fründtlig recke d Hirten alli
Joseph und Maria d Hand.
«Schöne Dank, ihr guete Manne!
Bhüet ech Gott all mitenand!»

D Maria danket

Es blüeiht kei Blueme schöner
im Garten und im Hag
als ds chlyne Jesuschindli
am erste Wiehnachtstag.

’s isch wie nes Rosechnöpfli,
wo nüt als blüejie wott.
D Maria bättet lysli:
«I danke dir, Liebgott!»

Am Abe spät

Was chräschlet dert im düre Heu?
Es chlyses, gleitis Müsli.
Das git e heimeligi Nacht
im alte Hirtehüsli!

D Maria macht es Tschöpli zwäg,
's isch wyß, mit blaue Tüpfli.
Der Joseph leit es Schyt i d Gluet
und ds Chindli schlaft im Chrüpfli.

Yschlafe

Ds Füürli wott verlösche,
es het zündet gnue.
Gsehsch, der müede Muetter
falle d Auge zue.

Langsam löscht der Vatter
ds trüebe Lämpli us –
guldig Wiehnachtsstärme
lüüchten über ds Hus.

D Wacht

Der Vatter Joseph schlaft scho lang
und ds Muetterli tuet troume.
Der Liebgott het en Ängel gschickt,
und dä mueß ds Chindli goume.

Die ganzi liebi längi Nacht
steit är am Chrüpfli Poschte
und flügt ersch denn em Himmel zue,
wo d Sunne chunnt im Oschte.

FELIX